¿Dónde está Arte?

Primera edición: noviembre, 2023

D. R. © 2023, Ekaterina Álvarez Romero

D. R. © 2023, derechos de edición mundiales en lengua castellana:
Penguin Random House Grupo Editorial, S. A. de C. V.
Blvd. Miguel de Cervantes Saavedra núm. 301, 1er piso,
colonia Granada, alcaldía Miguel Hidalgo, C. P. 11520,
Ciudad de México

penguinlibros.com

D. R. © 2023, María del Mar Hernández Gázquez y Emilio Ramos Fernández, por las ilustraciones
Penguin Random House / Paola García Moreno, por el diseño de portada e interiores
Idea original de Cecilia de Tavira Servitje y Ekaterina Álvarez Romero

Créditos por el permiso de reproducción de las obras en la página 67.

ISBN: 978-607-383-791-0

Impreso en México – *Printed in Mexico*

Impreso en noviembre de 2023 en los talleres de Litográfica Ingramex, S.A. de C.V.
Centeno 162-1, Col. Granjas Esmeralda, C.P. 09810, Ciudad de México.

A papás, mamás, docentes y cuidadorxs:

Esta publicación surge del deseo de aproximar la cultura y el arte a las infancias de una manera divertida, lírica y muy simple, sin exigencias ni expectativas de otras naturalezas. Queremos que las visitas a los museos sean experiencias lúdicas y disfrutables para lxs niñxs.

¿Dónde está Arte? es una historia dirigida a personas de entre 6 y 12 años y que plantea —a partir de las aventuras de Otta y Artemio— un recorrido por la historia del arte en México. El viaje de Otta inicia cuando Artemio, su perro, se pierde en el Museo de Antropología porque se distrae con la presencia de otros xolos (¡obras de arte prehispánicas); ella lo busca y persigue por varios museos, y en el camino descubre cuadros y ornamentaciones coloniales, biombos novohispanos, pinturas de la época moderna, e incluso instalaciones y piezas de arte contemporáneo. *¿Dónde está Arte?* visita los distintos formatos y manifestaciones artísticas que caracterizan el imaginario cultural y artístico de nuestro país, y que se representan en obras expuestas en distintas colecciones de museos en la Ciudad de México.

La historia trata también del viaje interior de Otta, un viaje que le permite reconocerse en una obra, en eso que todos llaman arte.

A Santos, Eli, Cata y Limonada, por soplarme esta y todas las historias.

Infinitas gracias a dos locos bajitos, Julia y Leo, por sus grandes ideas y dibujos.

EKATERINA ÁLVAREZ

¿DÓNDE ESTÁ ARTE?

ILUSTRADO POR
MARÍA DEL MAR HERNÁNDEZ Y EMILIO RAMOS

Idea de Ekaterina Álvarez
y Cecilia de Tavira

ALFAGUARA

COMO CADA MAÑANA, Otta y Artemio salieron a dar un paseo
por el Bosque de Chapultepec. Llevaban su **mapa del tesoro
de huesos** y estaban decididos a encontrar **el hueso más sabroso.**
Otta lanzó la primera carnaza del día para jugar con su amigo,
pero la tiró demasiado lejos.

Una comitiva de perros custodiados por señores **muy serios** distrajo la atención de Arte. ¡No les podía quitar la mirada de encima, aquellos perros en procesión se parecían muuuuuuuuuuuuuucho a él!

—¡MIRA, UN XOLO! Seguramente se escapó para conocer a sus antepasados. Dicen que la carne del tlalchichi era comestible y tan deliciosa que incluso los mexicas se comían a los xolos en ciertos rituales religiosos —le comentó uno de los señores a otro. Ellos, además de transportar a los perros, se dedicaban a cuidar los objetos más viejos de los museos.

Artemio no podía creer lo que estaba escuchando, ¡miren que **comerse a tan distinguida estirpe!** Siguió el camino de los perros cuando, de pronto, sintió la mirada penetrante de un rostro parecido al suyo: ¡la presencia del rostro gigante de un xolo tallado en piedra! Sintió escalofríos. ¡Estaba seguro de haber soñado con ese momento!

No pasó mucho tiempo cuando un joven
interrumpió su ensoñación.

—¡ÓÓÓÓÓÓÓÓÓÓÓÓÓÓÓÓÓÓRALE, UN XÓLOTL!
Dios del fuego y el relámpago. Cabeza de perro y guía
de las almas de los muertos. Hermano canino y gemelo de
Quetzalcóatl, amigo y compañero de viaje de los vivos
—el joven estudiante estaba emocionado
ante semejante coincidencia.

Artemio no entendió
por qué tanto asombro,
ni sabía qué significaba todo
aquello. Continuó vagando
y se encontró con **el hueso
más apetitoso del día,**
pero era imposible alcanzarlo
porque se encontraba
tras una vitrina.

Lucy:
Australopithecus
Afarensis

Mientras tanto, Otta entró corriendo al Museo de Antropología en busca de Artemio, cuando de pronto, frente a ella, apareció un asombroso palo de agua que acaparó su atención. Se quedó petrificada, se sintió observada, atrapada, como si ese gran paraguas la envolviera.

—Es como en las historias de ovnis que me ha contado la abuela —pensó Otta.

Luego recordó el cuento de los extraterrestres que se llevaron
a su abuela en una nave mientras ella jugaba a las escondi-
dillas en un inmenso jardín de piedras. Volvió a sentir
miedo y temblor en las rodillas. ¿Y si a ella también
le había llegado la hora como a su abuela?,
¿y si los aliens se habían llevado a Artemio?

—¡Extraterrestres, Artemio!
Ay, ya me distraje otra vez...

Otta corrió para internarse en las salas en busca de su perro. Pronto se encontró con un guardia; seguramente él había visto a Arte.

—Señor, disculpe, estoy buscando a Arte, ¿usted lo ha visto? Tiene las uñitas muy largas y hace ruido al caminar.

—¿Arte? Lo veo todos los días. Me acompaña en las mañanas y en las tardes. Es majestuoso, colosal, verdadero —respondió el custodio mientras señalaba y miraba con admiración una gran estatua.

—Pero esa no es Arte, señor, es una piedra gigante... y la verdad, da un poco de miedo —argumentó Otta, todavía muy confundida.

—**GIGANTE**, lo has dicho muy bien, de esas dimensiones es la gran Coatlicue, madre de todas las deidades, diosa de la tierra, de la fertilidad, de la vida y de la muerte. ¡Una inmortal belleza monstruosa!

Al escuchar aquellas palabras, Otta pensó en la dragona Sigfrid de sus cuentos.

—¿Inmortal, monstruosa? ¡¿Como un dragón?! —preguntó con asombro.

—Exactamente, como un ser poderoso, lleeeeeeeeeeeeeeeeeeeno de magia. Casi un demonio, adoración de la cultura más antigua, de nuestros antepasados. Viste una falda de serpientes, ¿alcanzas a verla?

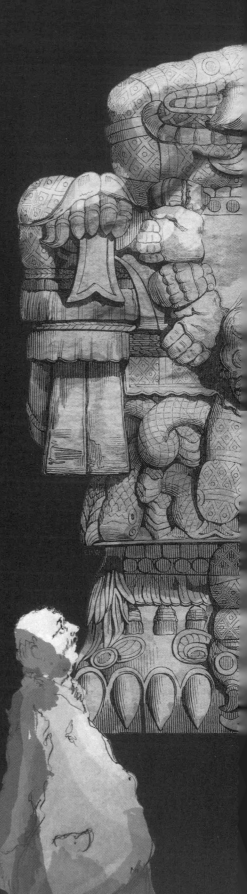

—Tiene razón, sí la puedo ver. Su falda también es como mis rompecabezas, y marea, ¿usted no se marea al verla? —la cabeza de Otta empezó a girar, sintió que un remolino de imágenes, serpientes y piezas de rompecabezas la volvían a atrapar—. Señor, ¿cómo es que se puede tallar a una dragona en piedra y que exista eternamente? Es la primera vez que estoy frente a una diosa eterna...

—El arte es eso, pequeñita. Es eterno, es lo más alto de nuestro espíritu, es...

La niña recordó entonces qué estaba haciendo ahí.

—¡ALTO! ¡ARTE! ¡Esa es la clave! Los tesoros de huesos están en los lugares más altos: montañas, volcanes, castillos, y viven bajo el resguardo de un dragón, como en mi leyenda de Sigfrid. Seguramente Arte subió a lo más alto del castillo, el mapa dice que arriba hay un tesoro de huesos. ¡Es usted casi tan listo como la abuela! ¡Gracias, **SEÑOR CUSTODIO DE LA MAGIA!** Creo que ahora sí voy a encontrar a mi perro...

Salió corriendo hacia su nuevo destino: ¡el Castillo de Chapultepec!

Y CORRIÓ, Y CORRIÓ,

Y CORRIÓ,

FLOTÓ, SOÑÓ,

VOLÓ ENTRE SERES EXTRAÑOS.

Y tras mucho correr, finalmente llegó a un jardín escultórico que parecía un laberinto. Al toparse con dos hombres enfundados en sus trajes blancos, pensó de momento que eran astronautas, pero después pensó en otra posibilidad que la hizo sentirse amenazada: ¡un virus otra vez!

La idea de que ella y Artemio volvieran a estar encerrados en casa la aterró. ¿Estarían esos hombres ahí para advertirle de un nuevo fin del mundo...? De pronto, las migajas de una torta mordida llamaron su atención y dijo:

—¡AJÁÁÁÁÁ, PEQUEÑAS BOLITAS DE MASA!
Esto debe de ser una fechoría de mi amigo hambriento.
Arte debe de estar muy cerca, le preguntaré
por él a uno de esos astronautas.

—Señor, no me gusta interrumpir, aunque la maestra dice que siempre lo hago, que soy distraída, impaciente, que no me concentro. Usted parece muy concentrado, ¿de casualidad ha visto a Arte pasar por aquí? Acabo de encontrar las pistas de su travesura.

—No sé si este arte sea el tuyo —respondió el señor—, pero al mío, que también es un poco travieso, lo desempolvo todos los días, jugamos a descubrir las historias ocultas de los objetos más misteriosos e insólitos, escucho sus secretos.

LIMPIO Y DESENTIERRO...

LIMPIO Y DESENTIERRO...

LIMPIO Y DESENTIERRO...

Y a veces,
simplemente desempolvo con esta brocha que ves.

21

—¿Los objetos tienen secretos? Y en esta ola gigante, ¿qué se esconde?, ¿otra ola, un remolino, dragones, tesoros?

—En esta ola rescato solo el color del metal que se ha oxidado, no hay remolinos ni otras olas —contestó de nuevo el restaurador un tanto apático.

—... Mmmmmm, pus qué aburrido que no haya historias ocultas aquí.

—Siempre habrá historias ocultas, yo ayudo a que trasciendan el paso del tiempo y vivan por siempre...

—**¿Quiere decir eternamente?** ¿Viven tanto como los dioses tallados en piedra? —se emocionó al pensar que volvería a ver a la dragona—. Mi mamá cree que solamente las historias que están en los libros son eternas.
En fin, espero que hoy encuentre una historia emocionante, **SEÑOR DEL ESPACIO**, seguiré buscando a mi perro.

Otta se quedó pensando en su conversación con el **SEÑOR DEL ESPACIO**. Volvió a pensar en la Coatlicue y se preguntó qué significaba eso de la eternidad. De pronto, escuchó el ladrido de un perro. ¡Artemio! ¡La torta mordida! Recuperó la pista de las migajas y la siguió hasta llegar a las salas de otro museo.

Al cruzar por las salas, descubrió de nuevo **seres misteriosos**
que la observaban. Se detuvo un momento pero recordó que
no podía parar, pues tenía que encontrar a **Artemio**
y al **tesoro de huesos**.

Finalmente, Otta subió al castillo.
A lo lejos vio a un señor maltrecho y jorobado que tenía
aspecto de haber vivido ahí desde siempre. Seguro él había
visto pasar a su perro.

—Señor, ¿usted ha visto pasar a un perro con cara de pingo,
gris y peloncito? —Otta se sorprendió de sí misma, se sentía
como una dragona, ya no le daba vergüenza hablar con extraños.

—Perros, reyes, tlacuaches, un sinfín de gatos. Soy un
velador, niña, lo he visto todo —contestó el señor con
un dejo de amargura.

—¡Por fin alguien que va a ayudarme! —gritó emocionada—.
¿Entonces ha visto usted a Arte?, ¿sabe dónde está?

—Sin duda que lo he visto. Este castillo está lleno de arte:
biombos, pinturas, murales... pero nada como las habitaciones
y estancias, aquí vivieron niños héroes, presidentes de México.
Imagina que este fue el palacio que atestiguó el romance de
Maximiliano y Carlota, ellos gobernaron esta ciudad rodeados
de arte y muy enamorados. Dicen que Carlota enloqueció
al perder a Maximiliano, nunca se pudo reponer.

—Romance, amor eterno...
Me encantan esas historias, pero ahorita tengo
que encontrar a mi perro, ¿no lo ha visto pasar?
Estamos en busca de un tesoro de huesos.

—Nunca he visto huesos por aquí, ¿por qué no vas al Templo
Mayor? Allá tienen muchos huesos: ¡un tzompantli fantástico!
Mi favorito, por cierto. También por allá vive el Xipe-Totec,
dios del inframundo, una deidad descarnada —por primera vez
el velador mostró emoción en su mirada—. Pero aquí, ¡nada de
eso! —y regresó a su tono apático—. Sube al castillo y busca
tú misma... dudo que encuentres un tesoro de huesos.
¡Suerte con el perro, niña!

MIENTRAS TANTO EN EL CASTILLO...

EL ECSMO SENOR CONDE DE GALVES.

¡¡¡ALTO, ANIMAL DEL DEMONIO!!!

¡¡¡GUAUUUUU!!!

¡¡¡ALGUIEN SAQUE A ESE PERRO DE AQUÍ!!!

Desde afuera, Otta escuchó un silbido
y se apresuró a buscar a Arte.

Ya en el balcón del castillo, pudo verlo huyendo despavorido
hacia Reforma, pero fue imposible alcanzarlo.

Aunque ya estaba muy cerca de Artemio,
cuando llegó a la parada del bus no había rastro de su amigo
por ningún lado. Y para colmo, otra vez estaba en un museo...

Se sentía cansada, triste y desorientada.
Había llegado el momento de conseguir un mapa de verdad...
No estaba dispuesta a perder a Arte en la ciudad.

32

Entonces, como por arte de magia,
¡pasó una guía de turistas con un mapa en la mano!
Dirigía, junto con un perro punk, a muchas personas.

—Oiga, oiga, **SEÑORA DE LA BRILLANTINA ROSA**,
¿de dónde sacó su mapa de la ciudad?,
¿dónde puedo conseguir uno?

—En el museo Franz Mayer te regalarán uno.

—Gracias, **SEÑORA DE LA BRILLANTINA**, no suelte
a su perrooooooooooooooo, yo acabo de perder al mío.

El museo estaba vacío, pero Otta encontró a una señora que miraba muy atentamente una obra de arte. Se acercó una vez más en busca de respuestas.

—Buenas tardes, estoy buscando un mapa de la Ciudad de México, ¿usted sabe dónde puedo conseguirlo?

—Lo que tienes frente a ti es justamente la Ciudad de México, querida niña, una de las más antiguas.

—¿Cómo "una"?, ¿hay muchas? —se detuvo un momento a observar el gran mapa, pero no entendió nada—. La verdad, no veo que se parezca ni un poco a mi ciudad. A ver, ¿dónde está el Pico del Águila o el Metrobús? No tiene ni segundo piso.

—Este es un biombo muy antiguo, mi pequeña, en aquel momento la ciudad no tenía segundo piso, pero sí un bello acueducto, ¿lo alcanzas a ver?

—No sé qué es un acueducto, pero necesito un mapa y quiero saber dónde está Arte. Llevo toda la mañana buscándolo, ¿usted lo ha visto pasar por aquí?

—Pero si estás rodeada de arte, niña linda. Mira a tu alrededor, este museo está repleto de objetos de arte: pinturas, baúles, cerámicas, muebles, esculturas...

—¡Todos ustedes dicen lo mismo! —gritó—. ¡Que estoy rodeada de arte, que está en el espíritu, en la eternidad! Yo solo he visto piedras animadas, retratos, fotografías, esculturas que me hablan...

 ¡OBJETOS, OBJETOS

Y MÁS OBJETOS!

¡NO QUIERO SABER MÁS, QUIERO ENCONTRAR A MI PERRITO!

Pero no hay rastro de él, ni de sus pasos, ni huesos, ni migajas, ni nada. Siento que nunca más lo veré —cuando terminó de hablar, se le quebró la voz y notó que estaba llorando.

—Preciosa niña mía, no sé cómo ayudarte.

—Ayúdeme a conseguir un mapa de verdad, donde se vean los volcanes... Estoy segura de que él está buscando el tesoro de huesos, es muy probable que se haya dirigido a un volcán, porque son muy altos y además nos gustan mucho. De hecho, conocemos muy bien la leyenda de los volcanes enamorados.

—¿Volcanes enamorados? —la visitante la escuchaba curiosa.

—Sí, Popocatépetl, el guerrero, fue convertido en volcán y ahora es inmortal y espera que un día despierte su amada Iztaccíhuatl. Me pregunto por qué ella seguirá dormida, ¿acaso no quiere volver a ver a su novio?
Él la sigue esperando. Dicen que cuando nos caen cenizas significa que está enojado, llorando su tragedia —Otta recuperó la calma luego de contarle la historia.

—Si buscas volcanes, debes conocer los que pinta el Dr. Atl que están en el MUNAL y los vitrales que hay en Bellas Artes. Con suerte, en el camino podrías encontrar a tu perro comiéndose unos tacos de canasta.

—**¡TACOS Y VOLCANES!** Señora, es usted casi tan lista como la abuela —Otta, soñadora, recuperó el entusiasmo al pensar que estaba cerca del tesoro escondido en los volcanes y el ánimo que había perdido se lo devolvió la esperanza de sorprender al sinvergüenza de Arte robándose unos tacos en el camino—. ¡Gracias, **SEÑORA DE LOS** objetos, **objetos, objetos!**

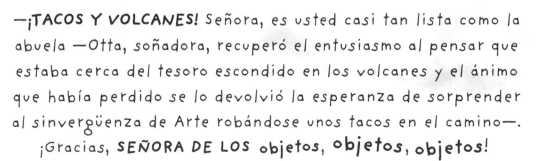

OTTA MIRÓ, MIRÓ Y MIRÓ,
BUSCO Y BUSCÓ,

PERO NO LO ENCONTRÓ...

ARTE HUSMEÓ, OLIÓ E IMAGINÓ...

Estaba hambriento y persiguió con su olfato la comida.
A pesar de que sintió un hueco en el estómago, se distrajo
con el ritmo hipnótico del baile de los concheros,
¡qué penachos más geniales! ¡Sus disfraces hechos de huesos!

Tenía que seguirlos...

Por su parte, Otta continuó su camino hacia el MUNAL con la esperanza de hallar a Arte. Y una vez más se encontró atrapada dentro de las salas de un museo, aquel al que la había enviado la **SEÑORA DE LOS OBJETOS**. Mientras buscaba los volcanes, una pintura la atrajo, la llamó.
Se detuvo ante unos ojos grandes que la observaban, eran cautivadores. Aquella mirada le habló, susurró su nombre:

—OOOOOOOOOTTAAAAAAAAAAAAA, OOOTTA,

YO SÉ LO QUE SIGNIFICA TU NOMBRE,

HABLA DE TODO Y DE NADAAAAA.

ACÉRCATE, TE QUIERO CONTAR UN SECRETO
—le dijo la pintura.

Otta sintió miedo, volvió a pensar en su abuela y en los extraterrestres, en el paraguas de Antropología. ¿Y si en realidad los aliens querían ayudarla y enviarle una pista? En ese momento, escuchó una vocecilla salir de la pintura de un teléfono. Sin darse cuenta, se acercó a ella, como hipnotizada... **estaba a punto de descubrir un gran secreto** cuando un grito la sobresaltó.

—¡EH, EH, EH! SÍ, TÚ, NIÑA. SE VE, NO SE TOCA.

—¡Shhh, cállese! ¡Estoy buscando a Arte! —respondió molesta—. Usted no me dejó escuchar a la **SEÑORA DE LOS OJOS VERDES ESPACIALES**, ella me llamó por este teléfono que tiene usted enfrente. Llevo todo el día tratando de encontrar a Arte y si no me deja entender las claves jamás lo encontraré.

—El arte puede estar en la mirada, niña, en la interpretación, pero aquí en estas salas, no se toca ni se escucha, simplemente se contempla. No está disponible en claves, ni en amigos imaginarios, no está para divertirnos, ¡sino para hacernos pensar!

—¡**Pus qué aburrido su Arte!** Al mío le gusta que le sobe la pancita, que le haga cosquillas detrás de las orejas, que le jale la cola, le brillan los ojitos cuando me saluda, ¡como los ojos verdes de esta señora que usted no me dejó escuchar!

Tras discutir con el **SEÑOR ABURRIDO**, Otta dejó la sala y corrió enfurecida hacia la salida del museo. Pasó frente a los volcanes que buscaba, pero ya no pudo detenerse. ¡Desearía que todos los señores insoportables desaparecieran!

¡QUÉ SE LOS LLEVEN LOS EXTRATERRESTRES!

Harta y frustrada, Otta decidió que iba a dejar de buscar a Artemio.

—Mejor me voy a ver volcanes, este perro ingrato nunca va a aparecer...

Pero al llegar a Bellas Artes y detenerse frente
a los hermosos vitrales, escuchó en su cabeza lo que la
SEÑORA DE LOS OJOS VERDES ESPACIALES le quiso decir:

**"EL REFLEJO EN LOS CRISTALES DEL VITRAL
ES UN TESORO HECHO VOLCÁN".**

Entendió entonces que el verdadero tesoro no estaba marcado en ningún mapa. En realidad se encontraba dentro de ella, era esa electricidad en el cuerpo que le provocaba curiosidades y deseos, el mismo impulso que la hacía correr sin parar, distraerse con frecuencia y soñar de un trayecto a otro mientras iba buscando a su amigo. En ese momento, supo que no podía renunciar a su búsqueda y sintió unas ganas inmensas de abrazar a Arte.

Al salir de Bellas Artes,
un letrero llamó la atención de Otta.
Huesos y huesos...

¿Y si el goloso de Artemio
también lo vio y pensó
lo mismo que ella? Una vez
más el tesoro de huesos.

MU
AC

EXPOSICIÓN
CEMENTERIO
DE HUESOS

DEL 15 DE AGOSTO
AL 4 DE DICIEMBRE

METRO

Se le acababan las pistas,
era la última oportunidad
que tenía para encontrarlo.

Universidad

MU&C

Por fin, Artemio y Otta tomaron el mismo rumbo en busca de la última pista del tesoro de huesos. Sus corazones sabían que todavía había esperanzas de volverse a ver.

ARTEMIO PENSABA EN OTTA,

OTTA PENSABA EN ARTEMIO.

CDMX

¡NAVES ESPACIALES, PIEDRAS VOLCÁNICAS!

Artemio tuvo la sensación de haber llegado a la Luna. Suelo de rocas, vegetación salvaje, edificios incrustados, formas geométricas de muchos tamaños. Intuyó que estaba muy cerca del tesoro y de Otta, y se dispuso a encontrarlos... hasta que una ardillita juguetona se atravesó en el camino y lo distrajo de su objetivo inicial. Obsesionado, Arte la persiguió hasta llegar a la parte trasera de un museo que parecía una nave.

Recorrió un pasillo con puertas muy altas de distintos
tamaños y colores. ¡Guau, era mejor de lo que esperaba!
Cuando llegó a una de las salas de aquella gran nave,
Arte no podía creer lo que estaba viendo: una caja de cristal
con huesos de diferentes tamaños, **¡EL TESORO DE HUESOS!**
Si tan solo Otta pudiera ver lo que él tenía frente a sus ojos.

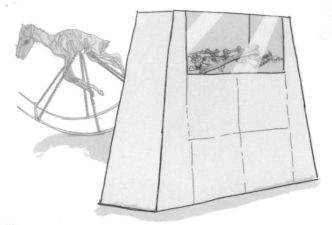

Algo raro empezó a pasar, sintió miedo pero no perdió
de vista el objetivo, casi tenía el tesoro en sus manos.
Lo que estaba ocurriendo era que las miradas de unos
vigilantes lo acosaban.

Supo que debía llevarse al menos un hueso de la gran vitrina y
tenía que ser rápido. Se armó de valor relamiéndose los bigotes
y no dudó ni un instante. Bastó una pequeña distracción de los
vigilantes, para que Arte consumara su gran fechoría del día:
¡POR FIN TENÍA EL HUESO DEL TESORO EN LA BOCA!

—¡R25 EN LA 2-22, R25
EN LA 2-22. RESPONDA R25!

—AQUÍ R25.

—¿DEJÓ USTED ENTRAR
UN PERRO A SALAS?

—NEGATIVO.

—TENEMOS UN 707 QUE SE
DIRIGE A SALA 9.

Arte se internó por los pasillos de la nave
nodriza, buscó la salida pero aquel museo era
un laberinto de concreto y puertas de cristal.

Al mismo tiempo, Otta entró al museo en busca de la
exposición de huesos y se detuvo frente a las cámaras de
seguridad para preguntar a uno de los vigilantes por su perro.
Al mirar las cámaras, alcanzó a distinguir la silueta de su
amigo y se emocionó al ver que estaba ahí:

—ESE ES ARTE, ¡AHÍ ESTÁ ARTE! ¿LO VE, USTED?
¿LO PUEDE VER? ¡ES ARTE! —gritaba Otta, señalando las pantallas.

—¡Claro que es **ARTE**, niña,
y ese animal con rabia nos lo está robando!

—¡Está vacunado y no es ningún ladrón!

UN ARTISTA que se encontraba cerca escuchó a Otta y,
curioso, se acercó a ver qué pasaba, acarició su mentón
y le señaló a la niña que Artemio ya estaba huyendo hacia
la puerta de salida, rumbo a la explanada...

Arte fue expulsado del museo. Derrotado, caminó hacia la explanada, estaba hambriento y solo. Una presencia detrás de él lo hizo sentirse perseguido otra vez, Arte sintió que era su fin: la prisión preventiva, los separos y sin tacos; y, encima de todo, sin Otta. Cuando levantó la mirada, reconoció una silueta familiar...

¡ERA ELLA,

OTTA,

OTTA!

—Arte, mi querido Arte, eres tú. ¿Dónde te has metido, sinvergüenza, bandido, baquetón? ¡Qué mal te has portado! Llevo todo el día buscándote. ¡Si supieras lo que me han dicho de ti! Casi te pierdo para siempre. Y para colmo, te convertiste en un fugitivo del arte, ¡no te reconozco! —giró para confirmar que no hubiera nadie a su alrededor y le susurró—: ¿Al menos conseguiste un hueso?

Arte le mostró los dientes donde escondía una pieza del tesoro de huesos que alcanzó a robar. Ambos sonrieron con complicidad y celebraron en silencio su travesura.

LA NOTICIA

Saquean museo; el botín, una obra de arte

Un xolo está fugitivo

Al día siguiente, **EL ARTISTA** que había presenciado la escena de la persecución de Arte y que también ayudó a Otta leyó la noticia del osado saqueador de piezas y fue de inmediato a investigar el caso. Cuando se enteró de que aquel perro que vio en las pantallas había recorrido ese mismo día muchos museos de la ciudad en busca de los huesos, consideró que **esa historia era una idea fantástica para producir su obra maestra.**

Y así fue como finalmente Arte se convirtió en arte.
Los videos de su aventura los hicieron famosos
a él y a Otta, y catapultaron la carrera del artista.

El día de la exposición, asistieron todas las personas
que ayudaron a la pequeña:

el **CUSTODIO DE LA MAGIA**, el **SEÑOR DEL ESPACIO**, el **VELADOR**, la **SEÑORA BRILLANTINA**, la **SEÑORA DE LOS OBJETOS, OBJETOS, OBJETOS,** y también fue el **SEÑOR ABURRIDO**, para su desgracia.

Artemio y Otta no fueron a la exposición. En su lugar, disfrutaron juntos de una tarde de juegos y tuvieron tiempo para pensar en su siguiente aventura: un tesoro nuevo, un hallazgo ovni, un posible viaje al espacio o, incluso, ir en busca de la volcana para despertarla de su sueño eterno.

¡TÚ TAMBIÉN PUEDES CONOCER
LOS MUSEOS QUE OTTA Y ARTEMIO DESCUBRIERON
EL DÍA DE SU AVENTURA EN BUSCA
DEL TESORO DE HUESOS!

¡PRIMERA PARADA!

Museo Nacional de Antropología

¡Conoce el museo más grande de México! Aquí encontrarás a la gran Coatlicue y algunas representaciones de los xolos mesoamericanos, los responsables de que Arte quedara hipnotizado. ¿Sabías que los aztecas creían que los perros xolos guiaban las almas de los muertos hacia el inframundo?

Dirección: Av. Paseo de la Reforma s/n, Polanco, Bosque de Chapultepec I Sección, alcaldía Miguel Hidalgo, 11560, Ciudad de México

¡SEGUNDA PARADA!

Jardín Escultórico del Museo de Arte Moderno (MAM)

Un espacio público ubicado dentro del Bosque de Chapultepec. En este bello entorno natural descubrirás esculturas que se han producido en nuestro país; aquí podrás encontrar obras de artistas ¡de hace más de cincuenta años! (los más destacados de los siglos xx y xxi en México). Como Otta, tú también puedes imaginar historias y aventurarte entre figuras geométricas para soñar despierto y montarte en una ola como la del artista Vicente Rojo. ¡Tienes que conocer este fantástico jardín!

Dirección: Av. Paseo de la Reforma s/n, Bosque de Chapultepec I Sección, alcaldía Miguel Hidalgo, 11580, Ciudad de México

¡TERCERA PARADA!

Museo de Arte Moderno (MAM)

¿Alguna vez te has preguntado cómo se transformó el arte a lo largo de los siglos? ¿Cómo era el arte de hace cien años? ¿Qué pensaban las personas en 1960? ¿Qué imágenes les interesaban? ¿Cuáles eran sus herramientas, procesos y técnicas de trabajo?

Dentro de las salas de este museo habitan las obras de pintores, pintoras, fotógrafas y artistas que vivieron hace casi cien años. En el MAM puedes hacer un recorrido por el arte que se ha producido en México desde 1960 hasta 1990.

Dirección: Av. Paseo de la Reforma s/n, Bosque de Chapultepec I Sección, alcaldía Miguel Hidalgo, 11580, Ciudad de México

¡CUARTA PARADA!

Museo Nacional de Historia: Castillo de Chapultepec

El Castillo de Chapultepec ha atestiguado un sinfín de historias a lo largo de los siglos. Historias de amor, de poder, de locura... Se construyó para ser una casa de descanso, pero después se convirtió en un colegio militar y más tarde en la residencia de los emperadores Maximiliano y Carlota; luego fue la casa de los presidentes de México y, finalmente, desde 1939, es el Museo Nacional de Historia.

Los espacios de este castillo te permiten transitar por una parte de la historia de nuestro país. Comenzando por la época de la Conquista hasta llegar a la Revolución Mexicana. Sentirás emoción de entrar en la residencia para conocer las habitaciones de Maximiliano, Carlota y Porfirio Díaz. Es una oportunidad para viajar en el tiempo, ¡un lugar fantástico para explorar el pasado!

Dirección: Bosque de Chapultepec I Sección, alcaldía Miguel Hidalgo, 11580, Ciudad de México

¡QUINTA PARADA!

Museo de Arte Popular (MAP)

Las cestas, el papel, las piezas de barro, los muebles de madera, la joyería, la ropa y otros objetos producidos con metal también son arte. Este museo reúne el trabajo de artesanos y artesanas de nuestro país. Descubre cómo piezas que tienes en tu casa guardan un valor histórico para nuestra identidad cultural.

Si te decides a visitar este espacio, conocerás una colección de piezas arte-sanales de distintas regiones en México.

Dirección: Revillagigedo 11, Centro Histórico, alcaldía Cuauhtémoc, 06050, Ciudad de México

¡SEXTA PARADA!
Museo Franz Mayer

Libros, pinturas y... ¡objetos, objetos y más objetos! ¿Sabías que se encuentra en un edificio construido hace más de 400 años? Se localiza en el Centro Histórico de la Ciudad de México, perteneció a la orden de San Juan de Dios y fue un hospital hasta 1966.

Busca el biombo de la ciudad que descubrió Otta en su persecución, quizá más objetos dentro del museo te den otras pistas para encontrar el tesoro de huesos.

Dirección: Av. Hidalgo 45, Centro Histórico, alcadía Cuauhtémoc, 06300, Ciudad de México

¡SÉPTIMA PARADA!
Museo Nacional de Arte (MUNAL)

¡En cuanto llegues reconocerás la explanada del museo donde Otta y Artemio se desencuentran!

Está situado en el corazón del Centro de la Ciudad de México y su función principal es conservar, exhibir, estudiar y difundir obras de arte producidas en México entre la segunda mitad del siglo XVI y la primera mitad del siglo XX. Que tus papás te ayuden a calcular hace cuántos años ocurrió esto. El MUNAL es pieza clave para entender y disfrutar la historia del arte mexicano durante este periodo.

Dirección: Tacuba 8, Centro Histórico, alcadía Cuauhtémoc, 06050, Ciudad de México

¡OCTAVA PARADA!
Sala principal del Palacio de Bellas Artes

¿No es increíble que podamos visitar un palacio? En su Sala Principal, dentro de la gran cortina de cristal, Otta recuerda la leyenda de los volcanes enamorados. Ese paisaje es el mismo que podían admirar las personas hace cien años. Este telón se construyó para protegernos contra incendios. Se diseñó en Nueva York, Estados Unidos, y se mandó por barco para mostrarlo en la Ciudad de México. Sorprendente, ¿no? Conócelo en la sala del Palacio de Bellas Artes, donde puedes también escuchar ópera, música sinfónica o mirar un espectáculo de danza.

Dirección: Av. Juárez, esquina Eje Central, Centro Histórico, alcadía Cuauhtémoc, 06050, Ciudad de México

¡NOVENA Y ÚLTIMA PARADA!

Museo Universitario de Arte Contemporáneo (MUAC)

¿Recuerdas que en este entorno volcánico es donde finalmente Artemio encuentra el tesoro? El MUAC es un museo joven que expone a artistas que actualmente producen sus obras. Es parte de la universidad más grande de nuestro país, la Universidad Nacional Autónoma de México (UNAM), y está ubicado en su Centro Cultural.

En este museo, los niños, niñas y niñes tienen permiso de tomar los espacios para contar sus experiencias y pensamientos, y exponer sus opiniones. ¡Es el espacio favorito de Arte, sin lugar a dudas!

Dirección: Av. Insurgentes Sur 3000, Ciudad Universitaria, alcaldía Coyoacán, 04510, Ciudad de México

Para la redacción de las descripciones de los museos tomamos información de la página web de cada uno de los recintos.

LISTA DE FIGURAS

6. Manuel Álvarez Bravo. *El ensueño*, plata gelatina, 1931. Museo de Arte Moderno.
D. R. © Archivo Manuel Álvarez Bravo, S.C.

7. Francisco Toledo. *La función del mago animal fantástico*, óleo sobre tela, 1973. Museo de Arte Moderno. D. R. © Francisco Toledo/Somaap/ México/2023.

8. Lourdes Grobet. *La briosa*, de la serie *La doble lucha*, plata gelatina, *ca.* 1980. Museo de Arte Moderno. Cortesía LOURDES GROBET SC.

9. Kazuya *Sakai. Olas rojas en Matsushima, Homenaje a Korin-Serie No. 11*, acrílico sobre tela, 160 x 160 cm, 1976. Museo de Arte Moderno.

10. *Gunther Gerzso. Ciudad Maya,* óleo sobre tela, *ca.* 1960. Museo de Arte Moderno.

11. Fray Pablo de Jesús. *Conde Bernardo de Gálvez*, óleo sobre tela, 212 x 205 cm, 1796. Museo Nacional de Historia, Castillo de Chapultepec. SECULT. -INAH. -MÉX. Reproducción autorizada por el Instituto Nacional de Antropología e Historia.

12. Anónimo. *Biombo de la Conquista de México* y *La muy noble y leal Ciudad de México,* óleo sobre tela, madera y metal, 2130 cm. de alto por 5500 cm. de ancho. Kagan: 1890 x 5370 cm. *ca.* XVIII. Museo Franz Mayer.

13. *Tzompantli*, instalación altar en muro con craneos tallados en piedra. Museo del Templo Mayor. SECULT.-INAH.- MÉX. Reproducción autorizada por el Instituto Nacional de Antropología e Historia.

14. Rufino Tamayo. *Teléfono y reloj*, óleo sobre tela, 1925. D. R. © Rufino Tamayo/Herederos/México/2016/ Fundación Olga y Rufino Tamayo, A.C.

15. Matías Santoyo, *Nahui Ollin*, acuarela, gouache, tinta china y purpurina sobre papel, 44 x 58 cm, 1928.

16. Tiffany & Stoner. Telón de cristal, Sala Principal, Palacio de Bellas Artes, 1911, cristal opalense sobre láminas de zinc y láminas bronceadas, 12.5 m. x 14.5 m. x 32 cm. Reproducción autorizada por el Instituto Nacional de Bellas Artes y Literatura.

17. Grupo SEMEFO. *Proyecto Para Parque Infantil*, instalación con restos orgánicos, *ca.* 1994. Museo Universitario Arte Contemporáneo, UNAM.

18. Grupo SEMEFO. *Urna*, instalación con restos orgánicos, *ca.* 1994. Museo Universitario Arte Contemporáneo, UNAM.

A todos los museos (en especial a los mencionados en este recorrido) y, sobre todo, a las personas que trabajamos en ellos, a lxs niñxs que los visitan, y a las mamás y papás que llevan a sus hijxs, aunque no puedan entrar con mascotas. Por la vida y permanencia de todos los espacios artísticos de esta ciudad.

A Ceci, por confabular conmigo; a Eli, cómplice y capitana de barco; a Fran, Claudia y Alejandro, por acompañarme en el camino; a Caro, por imaginar conmigo este proyecto; a Lulú, aliada incondicional; a Moyejas y Horacio, siempre pendientes de que no se me cayera la casa encima; a María del Mar y Emilio, por confiar en esta historia; a Paola, que nunca se rajó.

A mis lectores y acompañantes: Jaime Soler Frost, Ana Xanic López, Alejandra Labastida, Amanda de la Garza, Vanessa López, Pilar García, Teresa de la Concha, Virginia Roy, Julio García Murillo, Guadalupe Zavala y César Blanco.

Objetos, objetos, y más objetos...
Me pregunto si el arte no tendría
que ser nuestra propia vida,
nuestra gran aventura...